그와 나의 아포리즘

지혜사랑 268

그와 나의 아포리즘

백승자 시집

지혜

시인의 말

평생 쏘아올린 화살을 찾아나선 길, 실수로 놓쳐버리거나 함부로 쏜 화살은 물론이거니와 최선을 다한 화살들조차 예상을 빗나간 것이 많았다. 원하던 과녁에 꽂힌 화살도 들여다 보니 피를 흘리거나 시름시름 앓고 있었다. 애시당초 과녁이 틀려 허공을 떠도는 화살도 있었다.

다독이고 거두어들이는 일은 허락된 오후 내내 감당해야 할 일일 듯싶다. 이른 가을 오후 네 시쯤이었으면 좋겠지만 이 또한 욕심이라는 걸 안다

기나긴 망설임에 지지를 아끼지 않은 가족들과 문우님들, 김순일 선생님께 감사드린다.

2023년 여름

차례

1부
꽃

2부
늪

3부
숲

4부
물

1부
꽃

가면의 변辯

매일 부화하는 나는 늘 내 알레고리를 넘고 만다

낯선 나를 감당하는 법은 머리끝까지 감금하는 일

그들이 찾을 수 없는 성城에 갇히는 일

갇힌다는 건 달콤한 비밀을 풀어놓을 수 있다는 것

내 추락한 유희를 들키지 않아도 된다는 것

밤낮없이 써내린 유서 같은 낙서들

지친 혼잣말이 사방 벽을 때리다 시들어도

꺾이지 않고 스스로 침몰할 때를 얻는다는 것

어쩌다 멋모르는 망치질이 마음에 숭숭 구멍을 내더라도

빨간 장미 그려진 가면 하나 쓰고나면 그뿐

빼곡한 가면들에 얼굴을 잃어버린다 해도

\>

버텨내기 위해 쓰는 내 가면의 시간은

시시한 변명보다 향기로와라

뼈에 구멍이 나고서야

그물에 걸리지 않는 바람으로 살고 싶은 꿈
그물이 묶어버린 줄 알았다

진흙에 더럽혀지지 않는 연꽃으로 살고 싶은 꿈
진흙이 묻어버린 줄 알았다

그물도 진흙도
세상에 물 같은 것
세상에 공기 같은 것

외려 바람 제 가벼움이 서러워
그물을 물고 흔든다는 걸
외려 연꽃 제 연약함이 두려워
진흙의 피를 빨고 있다는 걸

탱탱한 몸에서 물기 빠져나가는 시절이 되고서야 알았다

뼈에 구멍이 숭숭 뚫리고서야

해질녘 소나무*

더듬어가는 시간 속
언제나 푸를 거라 믿던
오만한 청맹과니 하나 있었지

뾰족할수록 생채기가 깊다는 걸 모르던
고집스런 색깔이 고립이 될 줄 모르던
햇살 빳빳한 한낮에는 그늘 찾아다니느라 눈이 멀어
가벼운 그늘이 무거운 그늘에 업혀 있다는 걸 모르던

만만한 세상 그 어디쯤에선가 태풍을 만난 것 같다
그늘이 자라면 태풍이 된다는 걸 모르던 청맹과니
태풍은 꼿꼿한 자존심만 골라 부러뜨리고
찢겨나간 가지 터에 붉은 멍이 들 때마다
나락으로 내몰리며 배운

견뎌내며 사는 일

품어야 견뎌낼 수 있다는 걸 알고부터
오기를 토해내고 옹이를 품었지

누그러진 햇살을 품고 꼿꼿히 선 소나무
그래, 그림이다

* 고흐「폭풍우에 꺾인 소나무가 있는 해질녘 풍경」1889, 유화

뼈 없는 닭발

산山만 한 몸뚱아리 받치고 사느라
뒤뚱뒤뚱 걸어온 한평생이라 했지
얼기설기 둘러쳐진 울鬱 안에서
한밤중 살쾡이의 습격으로부터 살아남는 건
한 생을 접고 또 한 생을 살아내는 일이라 했지
누구나 짊어진 무게만큼 강해지는 법
칼처럼 날 선 정강이
벼리고 벼린 발톱은
절망마다 맞서 쌓은 애달픈 사리탑
죽어서라도 새처럼 날고 싶었는지
소주 한 잔 목울대를 넘기지 못하는 먹먹한 가슴들에게
통통한 몸뚱아리 보시도 모자라
기둥뼈들 다 내어주고
물렁뼈까지 다 내어주고
말랑한 나체로
흐물흐물 웃고 있는 헐렁한 부처님
쯧쯧, 뻘건 분칠까지 하고선!

호두

냉소를 퍼붓고
돌아서서 가슴 쓸어내리는 건 타고났지

애시당초 포옹이란 몰라
닿기만 해도 뽀드득, 튕겨져 나가는 게 일이야

튕겨진 거리만큼 날마다
단단한 벽을 쌓고 또 쌓는 게 버릇이 되었어

외로움이 천성이 되어버린 내게도
지켜내고픈 여린 것들이 있지

아픈 가지가 녹아 내려 뿌리가 된
고소한 번뇌 덩어리들, 그것들로 살아내지

동굴 안에 들면

누구나 몇 번은 동굴에서 태어난다지요
껍질이 단단할수록 더 깊은 동굴로 파고드는 누구나

동굴 안에 들면
묶여 있던 언어들이 풀려나요
햇볕 좋은 마을에서
유난히 비틀리고 말라가던 언어들이에요
꽃으로 서 있느라 저를 넘던 독기들은
축축한 바닥에 기절하듯 널브러져요
궁색했던 염치들은 겨운 옷을 벗어던지고
벽을 오르다 지쳐 있던 욕망도 슬슬 눈을 뜨지요
오래 전
눈을 잃은 아이에게서 도망나온 소녀도
가끔은 검은 구석에서 나와 변명을 해요
넘어져 본 사람은 작은 돌부리에도 공포를 앓는다고
그때 피한 돌부리가 바위로 돌아와 가슴에 앉았다고
끝내
무너지는 눈물도 있지요
바들거리는 아이를 거짓말 세상으로 내몬 어미는
벼랑 위에서 떨고 있어요
스무 살 여자로 울어요

>

동굴 안에 들면

아무도 모르는 어둠으로 열려요

아무도 모르는 빛으로 열려요

5월에

텅 비었던 논에 물이 차오르면
비틀려 있던 숨들이 숨구멍을 텄다
메말랐던 유선乳腺들이 부풀어 오르고
5월의 명령처럼 그녀가 몸을 열면
세상은 말랑해졌다

논둑 초록은 하룻밤 사이
산과 들의 정령들을 동원해
아름다이 여문 사람들을 불러들였다
매운 겨울 땅을 떠나
눈을 맞고 허공을 헛손질하며
땅의 약속만이 선량하다는 걸 믿게 된 사람들이다

근육진 다리가 질퍽거리는 논에 모를 심으면
터진 젖꼭지는 그것들을 야무지게 품었다
땡볕 아래거나 태풍 속이거나 가뭄 속이거나
한 세상이 꾸려지고
살 찌우고
꽃이 필 때까지

5월은 늘 그렇게 나를 낳았다

저무는 강

얼마나 흘러야 멈출 수 있을까
가을이 깊어도 길은 끝이 보이지 않는다

노을 짙어진 몸에선 푸른 핏기가 빠져나가는데
젖을 물고 있는 것들의 열정은 더욱 붉어져
갉아먹히는 심장소리는 커져만 간다

처음도 마지막도
의도한 꽃은 아니지만
자갈을 굴리거나
바위를 비키거나
누군가의 뿌리를 뽑아내거나
누군가에게 잘린 허리를 부둥켜안는 것은
온전히 무릎 꿇지 않으려는 내 눈물

그러니 어느 한때
뒤틀린 늪
숨이 턱 밑에서 끊어질 것 같아
검은 웅덩이만 뱅뱅 돌 때
누군가의 비를 타고 흘렀거나
누군가의 사랑을 타고 흘렀더라도

>
그것으로 되었다

돌아보면
실핏줄 같은 남루한 길뿐이지만
비어가는 강
이음 같은 흐름이라도
끊어내지 않고 흘러낸 길은
바다 그 하늘의 역사 같은 것

그것으로 되었다

단풍

꽃이라 불러주면 안 되나

바람이랑 굴러온 세월
꽃샘바람이 여린 순을 물고 흔들 때부터
이파리에 점점이 박힌 상처들
잊은 듯 사는 게 어디 쉬운 줄 아나

바람은 성질도 변덕스러워
어느 날은 한없이 부드럽게 굴다가도
어느 날은 이유도 모르게 휘몰아쳐
한사코 매달리는 몸 갈기갈기 찢어버리고 말더랬지
비를 불러 함께 때리는 날에는
후두둑 맥없이 떨려나간 형제들
그 많은 주검에 눈 감아버리는 비겁을 견디는 건
나를 놓는 고통이라는 거 알기나 하나

비를 데리고 가 감감 무소식일 때는 어떻고
타들어가는 몸에 물 한모금 넘기려
목숨 걸고 쌓아온 이름을 내다 팔기도 했지
살아남는 게 먼저라서
자존심을 칭칭 감은 이름은 허상이라 달래며 버티곤 했지

>
바람 하나 넘고
상처 하나 삭일 때마다 물이 들었어
파랗게 빨갛게 노랗게
벌도 나비도 없이 화인火印처럼 들인 물들

꽃이라 불러주면 안 되나

숨은 그림 숨기기

모든 보이는 것들은
보이지 않는 것들의 껍질
단단하거나 무르거나
오래도록 숙성된 이유 있는 포장이지

숨겨야 하는 그림자가 짙을수록 화려해지는 껍질의 순도
무른 시간 찔린 핏빛의 고백이나
그 여름 폭풍 같던 금지된 사랑의 파편이나
거뭇하게 자란 아픈 그림들은
3월의 해처럼 웃어내야 했지

수술대의 자식 앞에서 흘리던 아버지의 헤식은 웃음
마지막 잎새를 잃고도 재잘대던 딸아이의 수다는
위태롭던 껍질의 단단한 껍질이었음을
내 울鬱의 등고선은 고비고비 되새김질했지

껍질이 빨개질수록
속살은 하얘질 수 있다는 사과의 속내를 알고부터
뱉는 순간 날아가버리는 말의 심장을 알고부터
나는 매일 숨기는 도리를 배우지

여백 없이 들어찬 화려한 화첩에서
내 숨은 그림들은 오늘도 평화롭지

거울을 보다가

뿌리가 없어 나는
이름이 없네

여기저기 기웃거리며
열심히 나를 낳았으나
개살구였네
개똥참외였네
아무 음식에나 내갈기는
쉬파리똥이었네

한 번도 물 속에 산 적 없으면서
물이라 말하는 이유는 고작
물가를 서성이다 젖은 발끝 때문

날아갈까 지워질까 이내
명함에 물색을 칠했으나
지문 한 줄 새기지 못하고 말았으니

이제는 돌아볼 시간
내 텅 빈 이름에 깊은 색깔을 입힐 시간
비에 젖으면 더욱 도드라질 뿌리색을 물들여야할 시간

양파

어떤 이들은 날 보고
속을 알 수 없다 하네
빛 바랜 모시적삼 한 꺼풀 벗으면
옹이진 맘 하나 없이
하이얀 속살만 켜켜이 싸여있는 줄 모르고

어떤 이들은 날 보고
고추처럼 사납다 하네
닿을라치면 매운 내 톡톡거린다고
눈물 꽤나 쏟아야 곁을 내어준다고
곱지 않으려 매일 밤 바둥거린 사리인 줄 모르고

하늘을 닮고파 동그란 집만 짓고 사는
조연助演으로도 기꺼이
불구덩이 속에서 단 내를 낼 줄 아는
핏물이 하얘지도록 삭여낸 내공인 줄도 모르고

소주 석 잔에

투두둑,
얽혀 있던 실타래 끊어진다
꼿꼿하던 분노가 휘청거린다
까짓거
하수상한 시절이면
예수도 석가도
주워 담을 말 투성이라는데
절대라고 말할 그 무엇이 있어
어금니 꽉 깨물까
억울한 못질 되돌려주겠다
온 밤을 하얗게 벼를까
다름이 미학美學임을 아는 나이
참이슬 맑디맑은 입술로
면벽面壁하던 영혼 구석구석 탐하다 보면
나는 금새 말랑말랑한
사람으로 되살아나는 것을

애드벌룬

아직은
아득한 나라 유목민의 피가 꿈틀거리는데
어디든 떠나는 게 천성이라는데
눈요기로 묶여 있는 몸

흔들리는 게 일이다

바람이 입김만 불어도 길을 잃어버리고
마음은 먼지보다 가벼워
비어 있는 하늘 언저리만 서성서성

흔들리는 게 일이다

내 머물 곳은 땅도 하늘도 아니라는데
땅에만 눕고 싶어
하늘에만 안기고 싶어

흔들리는 게 일이다

어짜피 흔들리는 목숨이라면
제대로 흔들려 볼까나
바람이 어떤 얼굴로 오든

파도 타듯
끊어지지 않는 유목민으로

외날개 새

루사*에게 빼앗긴 날개 하나
더 이상 새가 아니란다

이제 무엇이라 불리어야 하나
땅에만 서 있기엔 얄팍한 다리가 휘청거리는데
하늘을 잊어버리기엔 한쪽 날갯짓의 기억이 이토록 생생
한데

어제 알던 세상은 벌써 얼굴을 바꾸고
하나 둘 문고리를 닫아걸고 있다
두 날개로도 나는 게 쉬운 일은 아니어서
자유로운 비행을 하기까지 몇 번을 거꾸러졌던가
아찔한 낙하에 얼마나 많은 비명을 질렀던가
허공에게 몸을 맡길 줄 알면서
위를 바라보는 재미로 겨우 피가 끓기 시작했는데

족보를 바꾸란다
울타리 바깥으로 나가란다
벼랑이 한 발 옆에서 도사리고 있는데
선 밖으로 나가란다
울타리는 원래
넘어지는 새들을 품어주는 둥지 아니던가

섬이 되지 말라고 이어주는 다리 아니던가

넘어지기도 전에 울타리 밖에 세워졌다

날지 못해도 새는 새인 것을
걸을 줄 아는 새인 것을

* 2002년 8월 대한민국을 강타한 태풍

성당에서

아무도 없는 성당에 앉아
겹겹이 곪은 고름을 짜낸다

붉은 주문이 까매질 때까지 떼를 써 본다

촛불은 언제까지 무거운 허공을 세워야 하는지
빈 마음은 얼마를 더 태워야 채워질 수 있는지

지리한 먹구름 차라리 비로 뿌려달라고
유다의 등으로 살아온 시간도 잊은 채
밤이 창백해지도록 빈다

대책없이 가을은 깊어
에두를 옷가지 하나 없는데
지나간 이야기들을 뒤적여 보니
메마른 가시꽃들만 가득
한때는 싱그러웠을 꽃들이
버석거리며 무너지는 가을

어디에 두 발을 놓아야 할까

시월 백일홍은 홀로도 저리 황홀하다

반란을 꿈꾸다

프랑켄슈타인의 그대여!

이제 그만 그를 잊어버려요 그에게 당신은 없어요 호기심은 참을 수 없는 욕구, 그는 미친 듯 탐한 피조물에 환호성을 지를 뿐이에요 온갖 사체에서 떼어낸 가죽을 덕지덕지 붙인 당신 몸에 피돌기가 도는 순간 그의 욕망은 짜릿하게 완성된 거지요 괴물로 살아가야 하는 당신 고통 따위 상관없어요 그는 냉혹한 조물주, 따뜻한 품을 꿈꾸는 건 어리석어요 원망을 빙자해서라도 그의 사랑을 구걸한다면 당신은 야누스를 보거나 꼭꼭 숨어버린 전설을 듣게 될 거예요 사막을 잃은 낙타처럼 하늘을 잃은 새처럼 둥둥 떠다녀야 할지도 몰라요

프랑켄슈타인의 피조물이여!

이제 그만 당신을 받아들여요 돌아선 그를 거울에 가두고 가만 들여다 보아요 그는 매서운 눈초리로 당신을 쏘아볼 테지만 절대 눈을 감으면 안 돼요 똑바로 그의 허위를 바라보아요 맘대로 당신을 재단하고 가위질하면서 사랑이라 덮어씌운 껍질을 벗겨버려요

그리고 당신 태반에 씨를 심어요 물을 주고 거름을 주고 기도를 심어요 생명은 지독히 질긴 것, 흉측한 몸에서도 싹이 트고 잎이 자라고 꽃을 피울 거예요 비로소 당신이 되는 순간, 그는 버리지 않아도 사라지겠지요

>

다이달로스가 미노타우로스를 크노소스궁에서 살려내는
전설을 잊지 말아요

갈무리

옷장을 정리한다
언제 내게 왔는지
하이얀 속옷
땀에 절고 먼지에 덮여
누렇게 찌들었구나
지난 바람에 서너 군데
구멍까지 뚫렸구나
남 볼세라 둘둘 말아 버리려 하니
내 지나간 세월들이 한사코 말려
복사꽃* 화사한 속옷 밑에
살짝 숨겨 놓는다

* 꽃말 : 사랑의 노예, 용서

2부

늪

방의 사선死線

나에게로 와서 새가 되는 조나단이 있었다

동쪽 바다를 건너온 파랑새였다

수평선을 나란하게 날아 물색 집을 지을 줄 알던

구름의 눈물을 꽃잎으로 담아내던 새

독이 든 사과를 베어 물고 서쪽 무지개에 투신한 겨울

방울뱀이 그려진 가죽신을 신고

삐뚤어진 발자국을 눈밭에 까맣게 찍어대던 그는

도시의 네온사인을 사냥하는 불나방이 되었다가

무대 바닥에 등을 대고 비비는 풍뎅이가 되었다가

사막의 들개처럼

세상의 거짓 속을 헤집고 들어온 밤이면

\>

내 몸에 난 문을 하나 둘 지워갔다

윗목 습지에 곰팡이처럼 피어나

내 몸 안과 밖

죽음만 한 절망을 바르고

허공을 칸칸이 들인 버섯이 자꾸 내 구석으로 숨어들었다

끊어진 섬이 되고 있었다

창窓마저 검은 바다에 묻히고

새는 날개를 파묻어갔다

가두는 것보다 숨겨주기가 아프다는 거

이미 불온해지고 알았다

위험한 관계

내 그림을 망가뜨리는 이는
내 그림을 사랑한다는 이였네

수선화와 산수유의 노란 봄을 그리고
수국과 능소화의 붉은 여름을 그리고
국화의 가을과
동백의 겨울을 그리면
소나무 한 그루 옆에 그려주던 이

소나무는 온전히 푸르러 좋았네

그 푸르름을 좋아한다고 대나무를 그려주었네
황금측백도 그려주었네
주목도 그려주었네
이제 그만이라 해도
가문비나무마저 그려놓았네
어느새
시퍼런 그의 화단이 되었네

산수유를 지워야 했네
수국을 지워야 했네
능소화는 피기도 전에 떨어졌네

>

나는 그림 속으로 들어가고
그는 마음 대로 나를 그렸네

나는 나를 지우고 싶어졌네

물, 그림자

모두가 너를 생명이라 부르는 숲에서
천성이 쇠인 나는 설 땅이 없다

네가 사랑이라 더듬고 간 몸 구석구석
붉고 퍼런 멍울이 독버섯처럼 피어나

섞여 있으나 동떨어진 사랑
햇살 먹은 눈초리들 속에서 몸부림치다
문맥 없이 바스러지는 몸뚱아리

점점이 소록도가 되어 갔다

품 밖의 아우성이 수없이 벽을 때려도
단단하게 또아리를 틀고 앉은 용의 성 안에서

탯줄이 다른 나는
주검조차 이방인이었다

가시 없는 선인장

사막을 떠나온 후부터 그랬던 거야
비를 받아들인 후부터 그랬던 거야
비닐하우스에 찾아간 후부터 그랬던 거야
눈요기로 살아낸 후부터 그랬던 거야

가시에 물이 차고
살이 물컹해지고
단물에 중독되고
족보 없는 풀이 되고

머뭇거리는 사이에
어물쩍 물드는 사이에
버리지 못하는 사이에
저항하지 못하는 사이에

서 있을 땅을 잃고 말았던 거야

늦은 고백

개에게 물린 날 저녁
먹구름이 달을 먹고 있었지

개는 꼬리를 내린 채
냉소를 흘리며 먹구름 속으로 들어가고
벌겋게 물린 자국에 놀라느라
찢겨나간 밤들을 보듬느라
달에 기대 우는 개의 등을 놓치고 말았어

개가 무심한 듯 돌아온 날
그의 등에서 번뜩이는 금을 보았어

고운 털 사이를 두동강이낸
비수가 지나간 자국
그 옛날 내가 찌른 말들의 자국

개가 양이었던 시절에
내게 양이었던 시절에

갈대

또 흔들리나 보다
바위의 침묵을 배우지나 말 걸
나무의 시간에 기대지나 말 걸

소나기를 놓치고 갈라터지는 핏줄들
비탈에 뾰족하게 서고서야
텅 빈 대궁을 보았다

옆구리를 습격하는 바람들이 함부로 번역할 때마다
갈피갈피 죽어가는 DNA
그때마다
구석으로 비켜나 촛불처럼 누웠다

비탈에 몰리는 건
낮과 밤이 오는 것만큼 쉬웠는데
고작
흔들리는 게 전부인 저항

꺾이는 것보다 흔들리는 게 나은 건지
참는 건 비겁의 또 다른 이름인지
대답 없는 바람에 묻고 또 물으며
누워서도 봄을 울어대던 아이의 체온에 기대

촛농을 다 내어주고서라도 지켜내고 싶었던 불씨
뿌리 박고 있어야 하는 이유

바람이 분다
나는 또 흔들리고
그 아이도 여전히 울고 있다

경계에 서서

아를에도 눈이 내렸네
파리를 도망나온 고흐의 눈은
노란집 벽에도 동굴을 파 놓았네

감자 먹는 사람들*은 어둠에 익사당하기 일쑤
해바라기** 씨에서 매일매일 발아해
동굴 속으로 고흐를 빨아들였네

동굴 밖 신은 원래 두 개의 얼굴
밤도 낮으로 낮도 낮으로 날게 하는 하늘 그 세상
낮도 밤으로 밤도 밤으로 거꾸러뜨리는 지하 그 세상

고흐는 지하의 언저리에서 떠돌았네

광부들에게는 감자를 풀을 베는 아이에게는 낫을 시엔***
에게는 별빛과 붉은 노을과 교회당 종소리를 주고 또 주었지만
해질녘 소나무였네 파도에 쓸리는 나선裸線이었네 죽은
별빛 아래 홀로 선 사이프러스였네

윤동주가 참회록을 안고 청동거울 속으로 들어가듯

경계를 서성이는 人魚

47

밤도 낮도 아닌
새벽도 아닌

내 밤에 고흐가 산 지 오래네

* 빈센트 반 고흐, 1885년 유화
** 빈센트 반 고흐, 1888년 유화
*** 고흐와 1년 간 살았던 거리의 여인

어항 속 붕어

피가 새고 있어요
검은 피가 입으로 항문으로 땀구멍으로 밤낮없이 쏟아지
고 있어요

순진한 치어는 더 이상 없어요
달빛으로도 빛날 줄 알던 비늘은 화석이 되어가고
맑은 피의 기억은 연못의 전설만큼이나 가물거려요

레드펭귄구피를 따라 연못을 떠났지요
그 황홀한 몸피를 쫓아
그와 같은 떡밥을 먹고
그와 같은 몸짓으로 유영을 하고
그와 같은 표정으로 말을 했어요
해의 그늘 속에서 쉬던 선물 같은 낮도
달의 어둠 속에서 찍어대던 19금 영화도
대낮만 허용된 전깃불 아래서는
기꺼이 버려야 했지요

레드펭귄구피가 머얼리 희미해져 가요
전깃불빛에 데인 잿빛 비늘은 뭉텅뭉텅 빠져나가는데
부레옥잠도 부들도 살지 않는 곳
숨을 데가 없어요

간신히 넘긴 떡밥은 몸 밖으로 흐르고
맑디맑은 물은 삼킬수록 말라가네요

끝내, 피가 새고 있어요
지독한 유전자가 버티다 터진 구멍에서
이식하다 썩은 피가
아직 남아 있는 순혈純血이
몸 둘 데를 모르고 흘러내려요

돌아갈 길을 잃었어요

가으내 풍경

어디로 갈까
길을 잃었다

동쪽으로 돌아선 그 후
나의 모든 해는 동쪽으로 흘러
어설픈 봄도 광기어린 여름도
소나무로 푸르렀다

초록은 하늘바라기, 떨어지는 법을 모른다

노을이 흥건한 늦은 가을
단풍은 물들어 붉은 하늘에 닿는데
시리도록 초록인 나는 물들지 못한다
서쪽에서 바라볼 하늘을 모른다
바싹 말리고 덜어내는 단풍 옆에서
홀로 마르지 못한다

내 가을이 떠 있다
뿌리 없이 얼어갈 겨울은 또 어이할꼬

파랑사과의 빨강

싸늘한 시간
기운 담벼락을 돌아가는 그를 붙잡고 말했지요

나는 빨강이 아니에요

보아요
나의 파랑얼굴과 파랑손발과 파랑마음을
휘파람을 불며 적도 위를 나는 파랑새를 닮지 않았나요
바다를 좋아하는 것도 파랑바람을 물고 있기 때문인 걸요

빨강사과를 들고 당신에게 간 날은
아주 잠깐, 파랑에 지친 나를 들키고 싶지 않아서였어요
손 등에 든 멍을 가리고 비대한 빨강을 비웃으러 간 거예요
손보다 큰 사과를 들고 있었던 것은요

보아요
지금도 나는 파랑원피스를 입고 있잖아요
피 흘리는 종탑 위 잔다르크를 흠모하며
파랗게 웃고 있잖아요

그가 내게 거울을 비추며 말했어요

>
애써 말한다는 건 기꺼이 숨기겠다는 것
간절히 원하는 건 오히려 순간에 머무는 법이지
나는 빨강사과를 든 너를 잊을 수가 없어
빨강도 간절한 너야
검은 바다에 하얀 포말 같은

무지개산

오르기만 하면 될 줄 알았지

어렸을 적 아버지가 읽어주시던 주문
꼭대기에 오르면
영원한 꽃이 된단다

가슴에 무성하게 솟아난 무지개꽃을 피워내겠다고
봄부터 나선 바쁜 걸음
싹이 자랄 시간도 없이 꽃봉오리를 다그쳤지
여름엔 낯선 절벽을 오르며 만난
낯익은 유혹들을 꺾어내느라 등이 흠뻑 젖어버리고
하얀 속옷이 삭아내리도록 오르고 올라
마침내 닿을라치면 감쪽같이 사라지는 신기루

희미한 꼭대기는 여름을 담보로 가을마저 잡고 있어

오르는 일은 가시를 키우는 일
옆에 있는 꽃들을 찌르고
시드는 꽃의 눈물을 외면하는 일

지친 가을이 빈 산을 이고 있어

>
산 아래는 이미
봄부터 꽃천지인데

수數, 덫

그녀는 한 번도 고지告知 받지 못한 번호들에 묶여 있다

애초에 선택권을 박탈당한 피사체
지문 번호를 고르는 건
앵글에서의 소멸을 자초하는 일
태어나자마자 거미줄 같은 숫자에 갇혀
반항을 모르는 포로가 되었다
삶의 스텝마다 도사리고 있는 늪의 더듬이들
1등이 아니면 안 된다는
1로 태어나 2로 살면 안 된다는
99보다는 100이어야 한다는

수는 언제나 객관적 흐름이었다

끝없이 숫자를 복사해내는 시간은
뫼비우스띠를 그녀의 발목에 채우고
한사코 채찍질을 하고 있다

봄에 서서
가을 문고리를 붙잡고 있는 그녀

마지막 번호는 꿈꿀 수 있을까

잉여인간

내가 남는다
매운 통증으로 낮은 꽃들 사이
비탈에서 눈물로 세운 기둥 사이

남는다는 것은
장날 됫박 위로 수북하게 올라앉은 대추알 같은
봄날 빨래를 다 말리고 남는 한 뼘 햇볕 같은
나눌 수 있는 것인 줄 알았는데
나눌 수 없는 내가 남는다
나눌 수 없어 남는다
만원버스에서 밀려나 나동그라진 오도카니처럼
다 채워지고 남은 단추처럼
무지개 언저리 회색으로
노을에 녹아들지 못한 저녁으로
내가 남겨졌다
네가 남겨졌다
남겨진 그대들이 허다하다

남겨진다는 건
가슴에 구멍을 내고 무릎을 꿇리는 일이다

가출

2차선 도로 옆
성당 담벼락에
여린 모가지 길게 내밀고 넘성대는
빠알간 넝쿨장미
덤프트럭 질러대는 괴성에
팔팔하던 햇살도 자지러지는데
세상 물정 모르고
짧은 치맛자락 팔랑이며 헤죽거리던 가시내
산바람 마파람 물색없이 따라나서더니
꽃이파리 찢겨진 채
길바닥에 핏덩이로 나뒹군다
뭇바람 구둣발에 채이며

삐에로, 웃음 변주곡

울음이 차올라서 웃는 거여요

여름이 끝나기 전 돌아온다던 약속을 움켜쥐고
겨울 한복판에서 오돌오돌 떨고 있는
아이의 숨죽인 울음소리를 감추려 웃는 거여요
불합격 문자에 이골이 난 그가
어젯밤 던진 소주병에서 튀어나온
기어들어가는 욕설이 가여워 웃는 거여요
새우잡이배 피비린내가 자꾸만 기억난다고
박박 문질러도 지워지지 않는다고
냄새 속에서 배어나오는 선홍빛 핏자국이 내 입술색이라고
밤새 지우는 그를 재우려 웃는 거여요
비바람 맞는 시장바닥
콩나물 시금치 팔아서 대학보낸 아들이
허접한 살림살이 때려부술 때
찌그러진 콩나물시루 안고 뒹구는 어미의 신음소리가
아들에게 들릴까봐 웃는 거여요 껄껄껄
그나마 떠날까 두려운 밤을

울어도 소용없어 웃는 거여요

웃다 보면 웃을 일 생길지 몰라

대치동에는

지붕 없는 집에
새들이 산다
바람도 공기도 새어들지 못하는
지붕이 너무 두터워 뚫어진 집에
죽어도 날아야만 하는
어린 새들이 산다
성골로 태어나 날개가 열 둘인 텃새도
개천의 용이 되어야만 하는 날개 둘뿐인 철새도
날기 위해 날개를 접고
어미새가 물어다주는 색깔 대로 물들기 위해
독하게 버티고 있다

지붕 없는 집의 하늘은
끝을 알 수 없는 허공
그 허공에 매달려 바라본 세상은 거꾸로여서
하늘을 땅처럼 움켜잡는다
통증이 도사리고 있는
어긋난 수레바퀴 위에 서서
해맑은 꿈을 꾸는 어린 새들
비릿한 세상에 맞추어진 날갯짓을
뼛속까지 새기고 있다
그들만의 세상에서
둥둥 떠 있기 위한 날갯짓을

이십대의 비망록

바람에도 이름이 많다는 걸 처음 알고부터
여우의 본능으로
눈물에 색깔을 입혔지
슬픔 바깥을 배회하는 눈물은
프리지아꽃 속에서도 배워내야 하는 쓸쓸한 바람이었어

어릴 적 데인 발등의 상처보다
더 크게 자란 나비의 절망
믿었던 호수에
바람이 거칠게 몰아치는 밤이면
쓰나미의 가면을 볼까 두려워
황급하게 날개를 접곤 했지

다리의 근육은 부러질 때마다 단단해진단다
연꽃이 고운 건 뿌리를 진흙 속에 묻고 있기 때문이란다
어머니의 말씀이 허공에서 맴돌다
슬픔이 슬픔을 타고 넘어 엮은
삶에 심어질 때까지

나비는
서리꽃 핀 호수에 갇힌
설레는 꿈이었지

하얀원피스

골목이 빌딩 사이에서 죽어가고
이글거리는 아스팔트길로 내몰린 하얀원피스들이
맨발로 걸어갑니다
손을 잡고 물 흐르듯
빌딩으로 난 좁은 문을 통하여
달콤한 하루와
벚꽃과
애인과
만개한 청춘을 버리고
무지개가 뜬다는 사막으로 몸을 던집니다

신神에게 한 약속처럼 사막의 밤은
땅을 얼리고 시간을 얼리고 길마저 얼려버려
무지개를 올라타겠다던 아이들은
미아가 되어
니힐리즘 감옥에 갇히고 말았습니다

무지개의 배반을 품은 사막에서 산다는 건
여린 낙타들이 비명처럼 울어내야 한다는 것
비명이 산화되어 얼어버린 모래 속을 날아야 한다는 것

골목이 거의 다 책속으로 들어가 박제되어 버리고

하얀 나비들은 달무리에 기대어
하염없이 맴을 돕니다

11월 장미

신새벽
서리 앉은 고샅을 핥고 온 바람이
구멍 뚫어진 연골을 파고들면
깨진 유리 파편 같은 통증이
아리하게 심장을 찔렀다
서둘러 후미진 골방에 몸을 숨기면 이내
서슬 푸르게 곤두서는 두려움들

세상보다 먼저 세상을 등지면 줄어들까
마음고름 몇 꺼풀 더 동여매고
가시날 퍼렇게 세우면 들키지 않을까
바람은 맞아도 맞아도 섧기만 하고
터널 끝에 선 봄은 아득하기만 하니

애면글면 살아온 시간이
행짜부리는 바람을 고소하고픈 아침
해미를 제치고 달려온 햇살이
검붉은 입술에서 툭, 떨어진다

3부
숲

그와 나의 아포리즘

그와 나는 언제나 시소 끝에 앉아 있지

평형을 위해 덜어내기는 실패하기 일쑤

그가 자작나무숲에 들어 고요에 시를 쓰면
나는 칭얼거리는 목숨들의 질펀한 소설을 쓰고

그가 사냥총으로 사슴의 눈물을 겨누면
나는 비수를 꺼내 아슬하게 잠재운 사자의 비겁을 찌르고

그가 소크라테스 말을 입고 몽유를 빙자한 밤이면
나는 크산티페의 비명으로 그를 얼음 속에 가두고

날카롭게 기운 시간들이 얼음문 앞에서 붉게 녹슬어가고
있었지

아주 가끔
그와 내가 막다른 모퉁이에 몰려 쓰는 달콤한 단편도 있지

세상을 놓치고
허깨비로 하늘 벼랑에 떠 있거나
얼음 박힌 심장이 빙판으로 곤두박질칠 때

헛돌았던 두 바퀴가 짐승의 속도로 돌아앉는 평형의 찰나
우리는 익숙한 사랑에 눈 멀고 말지

나란하기는 그와 내가 꿈꾸는 천상의 임계점
그 특별함이 사소함이 되기 바라지만
긴 수평은 독보다 치명적인 권태로움

두 절름발이가 맞춰가는 장편을 빌어
우리 밀당은 실패를 우선해도 좋지

뼈가 사라지는 숲

숲의 나무가 무너지는 건
힘이 약해서가 아니다
비의 속임수 때문이다
미네랄 속에 감춰진 비상砒霜이 흔든 균형 때문이다
물을 마실수록 잃어버리는 뼈의 골밀도
나무를 나무이게 하는 뼈가
하얗게 날아가고 있다
관절에서 척추에서 바람의 방향에서
돈의 철학에서 웃음의 추에서 칼의 논리에서
뼈는 척수를 놓쳐버리고 혈관을 찔러
물길마다 피로 물들였다
풀들은
아직 도착하지도 않은 물가에 누워버리고
무너진 나무들의 관절은 까맣다
연골을 빗물에 쓸려보내고 버텨온 시간이
흐름을 멈출 때마다 타버린 흔적이다
나무는
골수에 새겼어야 했나 보다
울이 되어줄 거라던
숲의 오래된 약속과 파라다이스의 지도가 뜬구름이라는
꽃의 벙어리 같은 고백을

>
뇌섬*을 자극하는 바람의 말들이 오로라 속에 갇혀
오늘
사원은 고요한 불통의 시대다

* 사회적 불공정이나 차별에 대해 느끼는 역겨움이나 분노를 관장하는 곳

시소의 오후에는

살면서 가장 힘든 건
균형을 맞추는 일이었지

나의 몸자리는 각도의 수만큼 많았으나
닿고 싶은 곳은 오직 해 있는 자리
오르고 올라도 멈출 수 있는 곳은 없어
시지프스의 바위는
높이 오를수록 깊게 곤두박질치곤 했지

해가 따가워 지쳐갈 즈음
회색지대가 말을 걸어왔어

흑과 백으로 나뉜 세상에서
회색지대는 위기의 땅

그 곳에 산다는 건
머리와 발을 화해시켜 가슴에 소나무를 심는 일
북극과 적도 가운데를 지켜내는 일
뜨거운 한낮을 지나고
피가 삭은 오후에나 가능한 일이지

그 곳이 아름다운 이유가 있지

눈물이 진주라거나
진주가 눈물이라거나
핏대 높혀 말해도 탈이 나지 않는 땅
평형만이 균형은 아니라 말해도
시비 거는 일 따위 없는 땅이지

균형을 맞춘다는 건
나를 지워도 내 자리가 선명하다는 걸 믿는 일이지
땅에 있어도 하늘에 뜬 너를 보고 행복한 일이지

어머니의 부적

배달된 고구마에 어머니의 부적도 듬뿍 실려왔다
울퉁불퉁 제멋대로 생긴 유기농들
여름내 어머니 연골을 먹고 살진 피조물들이 거실에 풀
리자
건조한 맥락에 촉촉한 사연이 영근다
팔십 년 고집에 시달려온 삶이 주렁주렁 딸려나왔다

억척을 떨며 키워냈을 고구마들
무녀리 자식 허리에 호밋날이 꽂히던 날부터
푹 패인 그녀의 가슴팍엔
서늘한 햇살 한 점 든 적 없었을 거다
삭정이 바람에 제 살 파내듯
매일 삭아드는 심장을 불꼬챙이로 지져댔을 거다
덩달아 문을 닫아버린 여린 심장들
어둠에서 하나씩 끄집어내어
물기 파릇한 식탁을 차려내야 했던 그녀
신탁을 받은 여인처럼
지칠 줄 모르는 화수분이 되었다
스스로 불을 지펴 숯덩이가 되었다
오십 년
그녀가 놓아준 돌다리들을 건너다 돌아보니
패어나간 마디마다 그녀의 부적이 촘촘하게 메꾸고 있었다

담쟁이 넝쿨

감아도 감아도
당신은
내 품 밖에 있습니다

당신을 오르느라 핏물 배인 내 여린 손가락들
모른 척 당신은
먼 하늘만 바라보네요

몸이 있다고 마음이 있는 것은 아니어서
안았다고 사랑하는 것은 아니어서
당신 몸 속을 파고 또 파고 들었지만
통나무 같은 당신은 매일 밤 나를 토해내네요

차이는 게 일이라
그리움조차 하얗게 말라버렸지만
감고 감는 일밖에 나는
다른 사랑을 모릅니다

인연

해거름녘
나비 한 마리 날아들었네
하필이면 침실 벽에 찰싹 붙어
꼼짝도 하지 않네
문 밖으로 쫓아내어도 보고
호접난 위에 올려놓아 보아도
도로 그 자리

하는 수 없이 동침을 했네

긴긴 밤
어느 바다를 건넜을까
얼마나 깊었을까
잦아들지 않는 거친 숨소리
천 년이 살아나 출렁거리네

숲&늪
— 글쎄

숲에게 늪은
늪에게 숲은
손님처럼 찾아오는 별일이지
별일이 끼어들었다고
숲이 아닌 것도 아닌데
늪이 아닌 것도 아닌데
별일에 휘둘려버리고 마는 하루는
마음 줄기가 끊어져버린 날
헛것에 놀아난 날
늪으로 하여 숲은 깊어진다 했던가
숲으로 하여 늪은 비로소 꿈을 꾼다 했던가
옷과 단추 같은, 때로는
사과나무에게 사과 같은
손님이 오는 날이면
숱한 다비식에서 뼈를 골라내며 배운 공수거空手去는 어
쩌고
벽이 허락한 마지막 못처럼
야단에 법석을 떨고 있는지

이순耳順에 들면
늪으로 숲을 덮어버리고
숲으로 늪을 묻어버리는

설익은 몸짓을 그만두게 될까
물렁뼈 하나 또 단단해지겠구나
완고한 뼈 하나 또 물렁해지겠구나
별일 아닌 별일로 맞이하고 보내게 될까

숲&늪
― 당신과 나는

당신의 파릇한 계절을 내 칙칙한 계절에
당신의 연애 같은 시간을 내 이별 같은 시간에
당신이 피워내는 꽃 터를 내 시들어가는 빈 터에
당신의 날아가는 동쪽을 내 주저앉는 서쪽에
끌어내리고 싶었습니다
섞어서 나와 같아지기를 바랐습니다
그런데 눈물이 났습니다

내 5월의 초원을 당신의 12월 골방에
내 무성한 피돌기를 당신의 삭아내리는 심장에
내 팽팽한 저울을 당신의 눈금 없이 기우는 저울에
내 희망으로 탐스러운 식탁을 당신의 절망으로 무너지는
식탁에
섞어줄 생각은 못했습니다
내게 있는 줄을 몰라서 주는 법을 몰라서
그래서 또 눈물이 났습니다

당신도 나도
걸핏하면 숲으로 늪으로 뒤집히는 환승역換乘驛에서
부처의 가면으로 버티는 풋내나는 뼈에로였습니다

숲&늪
─ 그럼에도 불구하고

너에게로 가는 길엔 언제나 늪이 있지

몇 번의 붉은 여름과 검은 겨울을 지나고서야 꽃이 되는
너와 나 사이를 여지없이 끊어내는 늪
꽃을 위해 부서진 뼈가 산山만 해서
이름까지 얻기 위해 사린 말이 바다만 해서
이제쯤 하는 찰나면
어느새 코밑까지 와 있는 늪

더 깊은 동굴로 숨어드는 건 아닌지
서로의 바깥 시간을 겉돌다 제풀에 몰락하지는 않을지
날카로운 침묵 속
늪을 지우느라 온종일을 전전긍긍한 저녁엔
녹초가 되어 너까지 지우고 싶어졌지
우리 사이
시리도록 아렸던 시간마저 뿌옇게 바래지고 말아

그럼에도 불구하고
나는 또 너에게로 가지
내가 구름일 때나 바람일 때나 비일 때나 심지어 천둥일
때도
무조건 해로 스며들던 너

감자꽃 웃음으로 나를 채워주던 기억이 오롯한 아직은
늪에 빠진 나를 햇빛에 말려서라도 기어이
너라는 숲으로 가고 말아

숲&늪
― 끝나지 않는 전쟁

어떤 날은
호주머니가 텅 비었다고 울먹이는 그 옆에서
내 호두 두 알에 안도했다
어떤 날은
아픈 아이를 안고 밤을 우는 그 옆에서
알맹이 없다 한탄한 내 아이에 입 맞추었다
어떤 날은
앉은뱅이가 되어 방안에 갇힌 그 옆에서
아직은 절뚝거리는 내 관절을 끌어안았다

그리고 어떤 날은
장미로 천국을 세운 그 옆에서
들국화 가득한 내 천국이 초라해 숨겨버렸다
또 어떤 날은
유화를 들고 선 그 옆에서
수채화를 들고 울컥했다
하다못해 어떤 날은
달을 품고 밤을 앓는 그 옆에서
해를 품은 낮을 버리기도 했다

대체
어떤 날이 숲이고

어떤 날이 늪인지

뱀은 언제쯤이면 이브를 놓아줄지

애초에 신이 쳐 놓은 덫은 변덕이라는 무덤인지

숲&늪
— 어미의 기도

주님!

오늘도 아무 일 아무 날을 주심을 감사드립니다

속이 훤한 빙어로 얼음조각 사이를 헤집고 다녔어도 피 흘리지 않은 하루를 감사드립니다

툭 하면 우는 아이는 있었어도 주저앉은 아이는 없었답니다

실없이 웃는 아이는 있었어도 함부로 웃는 아이는 없었답니다

많은 선들을 밟으며 아슬하게 곡예를 하는 아이는 있었어도 선을 지우는 아이는 없었답니다

세상을 앓는 아이는 있었어도 세상을 잃는 아이는 없었으니

주님!

>

내일도 해를 열어 숲을 가렸던 지독한 안개를 걷어낼 겁니다

늪을 버텨 기어이 자기다운 하루를 노을 고운 수평선에 걸어 놓을 겁니다

햇살을 나눠주는 아무 날을 엮어내고는 싱겁게 웃을지도 모릅니다

삶은 가까이서 보면 비극이지만 멀리서 보면 희극이라는* 주문을 잠자리 기도에서 빠뜨리지 않는 아이

굿나잇을 달콤하게 말하고는 이내 잠드는 아무 밤을 감사 드립니다

* 찰리 채플린

비구니스님과 도라지꽃

스님이 도라지꽃밭에서 웃고 있네요
아이처럼 환하게 웃고 있네요
파르라니 깎은 머리색이 닮아
흡사 도라지꽃인 줄 알았습니다

산자락을 좋아하는 것도 그렇고
산이슬을 좋아하는 것도 그렇고

저잣거리 해진 주머니들의 저녁
쌔액쌕 몰아쉬는 거친 숨통들을 틔워주려
빠알간 바가지에 하얗게 앉아 있는 도라지랑
너덜거리는 목숨들에게 바랑을 풀어
헤프게 시주하며 웃는 잇속까지 닮았네요

산삼을 만나러 가는 길도 그렇고
부처를 만나러 가는 길도 그렇고

새에게 나무는

나는 하얀 새
풋내기 절름발이 새
삐뚤삐뚤 어눌한 필법이
세상의 전부인 줄 알았던 시절에
너는 젖어버린 종이학이 움켜잡아야만 했던 하늘
서쪽으로만 날 줄 아는 관성이 기댄 유일한 동쪽
이해의 문턱을 넘지 못한 채
떠나보내야 했던 순결한 편지들
그 부적들을 놓쳤던 비극의 설화들이
무거운 형량으로 하루하루 나를 가늠할 때
너는 사과나무로 내게 왔지
빠알간 독을 문 이브의 수억 년 슬픈 기록을
물에 젖으면 돋아나는 오욕의 문신을
초록으로 새기며 깊은 그늘을 만들어 주었지
내 처음이 되었지
억지를 쓰며 네 그늘 속을 파고들라치면
나만 알고 있는 목발질을 말없이 부축해주던 너
다시 나는 날
또다시 배반을 꿈꾸는 하얀 새가
등짐을 풀어낼 든든한 태반이 되어 주었지

외눈박이의 바깥

당신을 알아요 그래서 우린 안 돼요 포마드로 올빽을 하고 칼 같은 바지 주름에 분홍행커칲을 만난 첫 날 나는 고개를 돌리고 말았죠 헐렁한 셔츠에 청바지, 부스스한 퍼머머리를 좋아하는 내게 플라시도 도밍고의 카르멘을 듣고 싶다며 김치찌개에 막걸리를 개걸스레 들이키던 당신, 나는 그만 풍선처럼 부푼 허세를 보고 말았으니까요 빅뱅의 '카페' 리듬에 엇박자를 내며 사지를 틀어대던 날은 어떻구요 당신 하얀 귀밑머리에서 떨어지는 신음소리를 체포해 당장 태진아의 '옥경이'에게 데려가고 싶었다니까요

제격이란 제자리를 지켜내는 일
달과 지구의 거리만큼 분명한 거지요

이봐요 우린 안 돼요 당신과 나 사이 벽이 이렇게 높은 걸요 하나를 알아갈 때마다 하나씩 쌓은 벽돌이 우리 키를 넘었어요 이젠 당신 표정을 볼 수도 없네요

하양인지 까망인지 분명해야 한다는 내게 당신은 말했었죠 경계는 희미할수록 조화로운 거라고 삶이란 씨앗도 꽃도 아닌 대궁의 근육을 키우는 시간이라고 나는 다짐했죠 이제 당신 그림자마저 지워버리겠다고 삶이란 역시 씨앗으로 달구어진 꽃이어야 하니까요 하지만,

>

달과 지구 사이에는 늘 자기장이 흐르고 있다는 걸 알았
어야 했나 봐요

하얗게 흐드러진 개망초가 매화나무를 타고 애무를 퍼부
은 그 밤 매화밭인지 개망초밭인지 모를 모호한 경계선에
선 낯익은 분홍바람이 벽을 넘고 있었으니까요

기다린다는 것은

그때 그 자리에 있겠다는 것

그대가 기억하는 모습으로
늘 사랑할 준비를 한다는 것

달아오르던 열망을 삭여
아프지 않고 때로는 무덤덤하게
그대를 안아낼 수 있다는 것

그대가 나를 잊은 의자에 앉더라도
해 드는 창가를 내어주며
부르면 들릴 만한 거리에 서 있겠다는 것

그대는 매일 나를 비킨 곳만 바라보네

마음이 무너진 날에도
또 그 다음 날에도
진실로 기다린다는 것은
11월 감처럼 말갛게 익어
12월의 그대를 파랗게 품어내는 것

뻐꾸기둥지 위로 날아간 새

의지意志가 없다 탓하지 말아요
오죽하면 당신에게 왔을까요

썩은 내 나는 그물 칭칭 감은 세상을 떠돌다
어느새 뭇매로 살아가는 팽이가 되었지요
죽도록 돌아도 허락되는 건 송곳 꽂을 만한 땅
내 상량문 하나 새기지 못하고
툭툭 끊어져나가는 외줄 위를
아슬아슬 곡예하면서 왔어요

팽이의 광대놀음이 지쳐가고
시지프스의 땀을 찬양한 까뮈를 비웃고 나서야
내 이름이 보이기 시작했어요
세상을 향해 큰 소리 한 번 쳐 본 적 없는
주눅든 이름

지난 겨울
거꾸로 매달려 허위춤을 추고 있는
문패를 걷어냈답니다
세 든 당신 집에 세 들어 살아도
머물러야겠어요
이제

긴 숨을 쉬고 싶은 걸요

태어나 처음으로 써 보는 억지랍니다

개망초 탄원서

망초의 입장에서 보면 마땅히 개망초지
개복숭아 개살구……
본부인이라면 그리 부르고 싶은 첩 같은 신세
묵정밭이든 불모지든 억척에 뺏긴 땅이
삼천리 구석구석 닿지 않은 곳 없으니
굴러온 돌이 박힌 돌을 뽑아낸 꼴 아니겠나

더구나 왜(倭)에서 경술국치 해에 들어온 망국초고 보면
왜풀이라는 불청객 소리를 들어도
무릎 꿇어 읍소할 처지지만
천하가 굶주리는 보릿고개에는
나물이 되어 살을 주고
약이 되어 피를 주고
꽃이 되어 풍년을 주고
아궁이 다비까지 해 주는데
엄연히 국화꽃과에 이름까지 있는 족보를
풀인 듯 꽃인 듯
자기들 심사 꼴리는 대로 이랬다저랬다 개취급이니
홍실망종화* 옆에서는 무참하게 뽑히는 잡초였다가
메마른 찻길 옆에서는 아쉬운 대로 꽃무리라네
한들한들 앙증맞은 국화들이 떼창을 부르며 흔들어주니
군악대 사열이라도 받는 듯한가

통 크게 자연사自然死를 허락하네

강산은 십 년이면 변하고
세상은 십 일이면 바뀌는데
이 땅에 뼈 묻은 지 백 년도 넘은 이름에
분명한 명패 하나 걸어주지 않는 야박함이라니
네 이웃을 사랑하라는
하나님 말씀 대로라면 만 번은 용서받고 사랑받았을 터
얄궂은 세월은 묻어버리고 화끈하게 화해**해 보자구요
우리
끝내는 한 땅에 묻히고 말 것인데

* 꽃말 : 변치않는 사랑, 당신을 버리지 않겠어요
** 개망초 꽃말

새알, 두드림

밤의 껍질은 단단했다

깨뜨려야만 열리는 우주

약속한 적 없는 약속이

천 년의 인연으로 닿아야

꿈꿀 수 있는 짜릿한 비상飛翔!

4부

물

아비의 죽비

사람이 총애와 굴욕을 받을 때
총애는 곧 끝날 날을 염려하며 놀래는 듯이 하고
굴욕은 반드시 면할 날이 있을 것을 기뻐하며 놀래는 듯
이 하라

제 몸을 천하처럼 소중히 여기는 사람이라야 천하를 맡길
수 있다 했으니
모든 날에 네 몸을 소중히 여길 것이며

가득 채움은 아니 가짐만 못하고
날카롭게 벼린 칼은 오래 보존하기 어려운 것
금과옥조를 방 안 가득 채우고 남에게 교만함은
커다란 허물을 남기는 것이니
공을 이루고서야
몸이 물러가는 자연의 법칙을 결코 잊지 마라*

사십 여년 전
몇 달을 닳여 손수 엮은 노자의 말씀
혼수로 신혼집 안방에 들여보내시더니
늪에서 허우적거릴 때마다
죽비를 내리치시는 지성무식至誠無息 청파靑波**

>

여덟 폭 병풍이 내 온 바람을 막아내고 있었다

물이 되고 있었다

* 노자 수양편
** 서예가 백국현의 호, 시인의 아버지

잉카 너머 숲을 짓다

그대, 돌로 쌓은 축대에 흙을 담아요 토실토실 알맹이만
잉태하는 흙을 채워요 알몸으로 품어도 할퀴는 자식은 없
어야 해요 잔뿌리가 부드럽게 미끄러져 유선乳腺에 닿으면
물길이 열리고 숲도 자라겠지요

그대, 피사로의 쇠가 숲을 삼키던 밤의 긴 악몽을 기억하
나요 사랑은 하나여야 한다는 쇠의 춤사위가 현란할수록
깊어지던 비명소리들 날카로운 칼끝이 천 년의 꽃잎들을
희롱하며 눈발처럼 떨어뜨렸지요 숲을 얼려버렸지요

초침만이 휘어져 퍼런 강을 또박또박 걸어가고 있었어요

우리, 말했어야 했나 봐요 수련이라 피워낸 쇠의 꽃들이
수련은 될 수 없다는 걸요 쇠에서 키워낸 수련은 가시조차
기형으로 자라난다는 걸요 눈치 보며 숨겨온 말들 햇살 속
에 내어놓고 날개 돋는 소리 들어야 했나 봐요 하늘에 갇힌
삼천 명의 후아마크* 별처럼 내려올지 모르는데요

그대, 다시 축대를 쌓아요 보드라운 흙을 가득 채우고 새
바람을 불러요 그는 헝클어진 시력時歷을 바로 세우고 축제
의 밤을 만들어 줄 거예요 그의 애무에 그 날 그 밤의 악몽
들은 까마득히 잠들고 젖무덤만이 깨어나 피돌기를 시작할

거예요 생명들의 거센 호흡이 파랗게 숲을 짓고 스스로의
오독을 뱉어내는 날이면 안개에 묻혔던 마추픽추 수줍게
웃으며 다가올 거예요

* 잉카의 성처녀 여사제

물의 반란

물은
늘 꽃을 꿈꾸었다

갈라터진 곳이면
아교 같은 근성으로 스며들어
연골로 흐르고 숨통으로 흐르는

흐르다
칼에 베이거나
돌부리에 멍이 들어도
길은 이어져야 하는 것이라서
땅 속이나 사람 속이나
온기 있는 꽃으로 흘렀다

하지만
꽃도 짐승의 시간이 있을 수 있다*는 걸
습관처럼 잊는 그들에게
흐름은 거부당한 신념

사방이 막히고
호흡이 거칠어진 시점이면
물은 반란을 계획한다

해일이거나 태풍이거나 가뭄이거나

물이
꽃을 놓는 순간이다
그 순간조차 꽃을 꿈꾸면서

* 최문자, 「장미와 돼지」 중에서

어머니, 물이라 하는

아픈 물가에는 늘 아픈 풀들이 살았지

어쩌면 자궁에서부터
요람은 아팠던 것

파랑요람에서 파란풀이 나고
빨강요람에서 빨간풀이 마땅히 나서
간혹
돌출하는 회색풀들은 금기된 언어

해에게서 프리즘을 걷어내고 오목렌즈를 덮어씌운 그 누
군가
한 가지 색깔만 칠해 놓은 요람으로 하여
우리, 파랑이거나 빨강의 색깔에 갇혀버렸지

어머니는 모르셨을 거다
해의 무지개색 부호들이
어머니라는 요람에서 죽어가고 있었다는 거
어머니의 어머니도 모르고
어머니인 나도 모르는 사이
외곬으로 벽만 쌓아가는 파랑에 빨강에
회색풀들의 유형지조차

두 조각나고 있었다는 거

그럼에도
물은 언제나 길을 만들어내고 있었지
눈물로 낸 물길이
풀들에게는 해의 유선乳腺

무지개가 또 자라나는 이유지

고비마다 광화문이 살아나는 이유지

간월암

그 때부터였을 거다

매일 품던 어둠에 돌아누워버린 건

바다의 고요속으로 꼭꼭 숨어버린 건

제 품으로 키워낸 숲과
청보라빛 새 울음을 모두 박제시켜버리고
마법에 걸린 듯
머얼리
안개에 묻힌 육지만 바라보게 된 건

허울로 꽁꽁 싸맨 헐거운 신념을 들켜버린 날

헛웃음을 보이며 떠난
돌아오지 않을 그와 돌아올 그가 두려워
겹겹이 물벽을 치고
저를 가두기 시작한 건

인연을 육지로 놓쳐버린 날

그 날부터였을 거다

돌담을 쌓으며 망부석이 되기로 마음 먹은 건

봄날에

　복수초 꽃맹아리 터졌나 온 세상이 술렁거린다 산통소리 요란하더니 남쪽 매화 뽀얗게 살 올랐다고 짧은 치마들 물색 없이 팔랑댄다 산수유향 걸친 꽃샘바람 꼬드김에 목련은 속 곳만 걸치고 나왔다가 줄행랑을 친다 덕분에 신난 건 햇살이 다 제 수고도 모르고 얼어붙는 거 천지라고 뽀로통 나왔던 입은 어쩌고 헤실헤실 이른 아침부터 집집마다 문 두드려댄 다 어찌나 화사하게 치장했던지 차라리 눈 감아버린다

바람의 사계

바람이 일어난 자리에는
우연으로 태어난 필연의 흔들림이 있다
갈피 없이 쏘다니는 봄바람은
미니스커트 같은 설렘이다

어설프게 자라난 여름바람에는
짐승의 핏자국이 있다
맨몸으로 태풍을 때리다 꺾인
묘목의 하혈이 있다

거친 소리가 잦아진 가을바람에는
억새의 빈 맹세도 산다
끝끝내 서 있겠다 버티느라 지친
여름을 움켜쥔 후회도 산다

그럼에도 겨울바람은 멈추지 못해 운다
비를 불러야 사는 숙명
바람이 매서울수록 봄은 서둘러 태어난다는
오래된 계시를 붙잡고 운다

바람은 희망의 다른 이름, 징한 사랑이다

아바나 비탈에게
—『채식주의자』

가지 말아요 아바나의 신화여
나, 한강의 여인을 받아주어요
오늘도 도시는 강을 발가벗기고
무심하게 범하곤 돌아눕네요
찌르지 않는 것은 젖가슴뿐
태초의 이브처럼 살고파 풀어헤쳤는데
피가 흐르네요
쇠들이 웃으며 맨살을 드나드는데
나는 피하는 법을 몰라요
침묵보다 무서운 무기는 알지 못해요

그대로 있어요 나의 아바나
카리브해 비취색 바람이 실어온 아침을 기억해요
사탕수수밭 하얗게 뿌려진 거미줄이 햇살을 머금으면
육각형의 빛들이 사람을 잉태했지요
부드러운 숨결이 손 사이로 스며들어와 나른한 잠을 재
우고
초록의 자궁에서 쿵쿵거리던 심장은 꿈을 꾸게 했어요

나는 그 안에서 살고 싶어요
푸른 아바나의 품 속에서 굼벵이로 꾸물꾸물
온종일 꾸물대도 돌아눕지 않는 세상에서 살고 싶어요

나를 떠나지 마요 아바나
흙먼지 속을 뒹굴며 춤추는 말간 웃음소리
잊지 말아주어요

약은 셈법

때문에라 말하지 말자

탓하다 보면
남을 잃고
흉한 나만 남으니

덕분에라 말하자

감사하다 보면
남을 얻고
행복한 내가 남으니

더불어 잃느니
더불어 얻자

부메랑

언제나 혼자인 동자스님 있었지
심심하다 몸을 비틀던 어느 날
계곡물 송사리 등에 돌멩이 하나 매달아 놓았지
연신 뒤집어져 해반닥거리는 모습에 까르르
개구리 등에는 돌아기 업혀 주고 까르르
뱀목에는 돌기둥 세워 놓고 까르르 까르르

다음 날 아침
동자스님 등에
빨래판만 한 돌덩어리 업혀 있었지
일어나려면 주저앉히고 걸을라치면 비틀비틀
까닭을 몰라 따져물었지 주지스님

— 어제 너의 한 짓을 원래 대로 돌려 놓거라

넘어지고 쓰러지면서 송사리를 찾아갔지
허연 배 하늘로 쳐들고 꼼짝하지 않았어
개구리를 찾아갔지
어제 꼭 그 자리에서 사지를 파르르 떨고 있었어
뱀을 찾아갔지
피범벅이 된 몸이 축 늘어져 있었어
동자스님 털썩 주저앉아 엉엉 울어버렸지, 주지스님

— 네 가슴에 영원히 돌덩이를 매달고 살리라

송이야

우리 무심하게 달리는 발자국마다 쉼표를 찍어보지 않으
련 태양이 달구어 놓은 오후 세 시 시멘트길 위에 우리는 줄
곧 맨발이었다는 걸 알고 있니 화상을 입고도 약 한 번 바르
지 못한 발에게 약수를 발라주고 느티나무 그늘 우거진 햇
살이 드문드문 드는 돗자리에 한 번 누워 보지 않으련

버스는 저대로 기차는 저대로 케이티엑스를 따라가느라
잃어버린 바퀴를 모르는구나 놓쳐버린 발자국을 모르는구
나 종점을 지난 지는 이미 오래 우리들 바퀴는 급기야 달나
라로 향하는가 보다 방아를 찧고 있는 토끼를 만나러 가는
건 아닐까 백억 년 전부터 아니 그 이전부터 똑같은 방아를
찧고 있는 이유를 알고 나면 멈추기를 하게 될까 몸은 앞으
로 가는데 마음은 뒤로만 가는 달리기를 그만두게 될까

송이야
우리 그만 태양마차에서 내리지 않으련 파에톤을 잃고 헬
리오스가 흘린 눈물로는 불에 탄 제비꽃을 살려낼 수 없단
다
누구도 아스팔트 위를 앞서 달려야 한다는 악몽을 꾸는
일 없는 나라로 가 나란히 어깨를 기대어 버드나무 소나무
도토리나무 쑥부쟁이 제비꽃들이 어우러진 숲길을 걸어 웅
웅 벌소리도 듣고 하얀 나비춤도 보면서 처음 만난 새도 따

라가다 보면 동그랗게 파인 옥빛 샘터에 닿을지도 모르는
데 그럼 잠시 나뭇잎 떨어뜨린 바가지물을 나누어 마시며
연기처럼 돌아가보지 않으련 처음 왔던 그 곳으로

그 곳에서 우리 너의 아이를 맞이해 보자꾸나

레핀*의 봄은

볼가강에 배가 들어온다
멀리서 실어오는 희망들을 옮기러
새벽을 잃은 사람들이 몰려온다
밧줄에 묶여 바지선을 끄는 사람들
절망이 끌어올리는 희망에
지친 삶들이 덕지덕지 매달려 있다
소년이 바라보는 동쪽은 하얗게 열릴 수 있을지
성직자 카닌의 기도는
까마득한 하늘에 닿을 수 있을지**
고골이 불태운『죽은 혼』***들이 되살아나
볼가강 핏물은
끝없이 흐르고 흐르는데
레핀, 그대는 봄을 꿈꾸었는가
상트페테르부르크는 그대의 꿈을 알기나 했을까
아이가 얼고
여인이 얼고
청년이 얼고
아버지가 얼고
어머니조차 얼고
이반 뇌제****부터 이미 얼어 있었는데

* 일리아 레핀(1884~1930), 러시아 역사화가

** 「볼가강의 배 끄는 인부들」, 1870~1873, 일리아 레핀

*** 고골의 대표적 장편소설 『죽은 혼』 제2부의 원고를 불태우는 고
골」 1909, 일리아 레핀

**** 이반4세 차르칭호를 최초로 쓴 황제. 정신이 불안정해 아들을 때
려 죽게 했다는 설이 있다. 「1581년 11월 16일 이반뇌제와 그의
아들 이반」 1885, 일리아 레핀

사이판 아리랑

구름은 하늘로 날아가지 못한 새들의 혼불

태평양의 눈물 같은 사이판에는
바다에 붙들린 구름이
그리움을 화산처럼 토해내고 있다
해거름녘
차오르여인이 불춤으로 요령소리를 불러내는 사이
고향을 끝내
바다에 묻은 어린 새들이
부러진 날개로 타오르는 검붉은 장송곡
바닷물을 다 태우면 아버지의 하늘에 닿을 수 있을까
바다에 몸을 던지면 그 끝 어딘가에 어머니의 땅이 있을까
가지도 오지도 못하고 낮은 허공에 걸려
벌겋게 노하다가
까맣게 숯덩이가 되었다가
어둠이 바다를 삼키면 언 꽃으로 떨어져
오천 마리* 통곡이 되었나 보다
피는 얼어서 눈부시도록 파랗게 흐르나 보다

스콜은 그리움이 앓는 몸살, 그 눈물

* 1944년 전쟁에서 죽은 조선인 강제 징용군, 위안부, 노동자들의 수

보이지 않는 손

그가 처음 내민 건 밥이었지
더운 밥 한 술이면 겨울밤을 견딜 수 있던
자갈길을 달리는 맨발들이
아스콘 위를 달릴 거라 꿈꾸던 때
심장이 통통 튀던 때였어

낮은 허들을 하나 넘으니 박수를 치며 초콜렛을 주었어
또 하나 넘으니 초코케익과 에소프레소를
또 하나 넘으니 초코케익과 에소프레소와 라디오를
또 하나 넘으니 초코케익과 에소프레소와 라디오와 텔레
비전을
또 하나 넘으니 에소프레소와 라디오와 텔레비전과 루이
뷔똥을
또 하나 넘으니 라디오와 텔레비전과 루이뷔똥과 컴퓨터를
또 하나 넘으니 텔레비전과 루이뷔똥과 컴퓨터와 아우디를
또 하나 넘으니 루이뷔똥과 컴퓨터와 아우디와 007시리
즈를
또 하나 넘으니 컴퓨터와 아우디와 007시리즈와 고흐를
또 하나 넘으니 배가 고프고 온 몸이 떨렸어
초콜렛과 에소프레소를 못 먹은 지 너무 오래 되었어
그는 더 이상 아무것도 주지 않았어
그에게 나무를 베어 초콜릿을 샀어

쌀을 팔아 커피를 샀어

온 산에 있는 철을 팔아 라디오를 샀어 텔레비전을 샀어

한옥을 팔아 루이뷔똥을 샀어

논을 팔아 아우디를 샀어

심청전을 팔아 007시리즈를 샀어

김홍도를 팔아 고흐를 샀어

더 사야할 것이 없나

아,

경복궁을 팔아 성조기를 사자

턱 하니 드러누운 대릉大陵의 주인들에게

천만 다행히도
서라벌에 네로의 콜롯세움은 없었네

올무에 사람 옭아 놓고
핏덩어리 물고 춤추는 사자들을 향해
축배 들고 환호성 지르는 열병앓는 말벌들은 없어서
안압지 야경에 몰려드는 불나방 무리에는
기꺼이 끼어도 좋겠네

그 정도쯤이야
애교어린 이화원 한 귀퉁이
포석정 보름달 끌어안고
빙빙 술 흐른다 시 지어라
어무산신무御舞山神舞 어무산신무御舞山神舞 위아래 없이
엉겼다 해도
  는실난실 흥청거린 폼페이우스에 비하면

진실로 그쯤이야
벼 한 모숨 심을 땅뙈기에 기대어
사철을 견디는 목숨들 옥토 위
턱 하니 드러누운 대릉의 주인들에게
엎드려 입 맞추는 것쯤은 무방하겠네

>

서라벌에

콜롯세움이 없었다는 이유만으로도

폼페이우스가 없었다는 이유만으로도

게르니카*

　뿔난 황소 가랑이 아래, 여인이 울고 있네요 부여안은 아이가 숨을 안 쉬어요 고개를 치켜들고 통곡하지만 군인은 부러진 칼을 들고 황소를 쳐다볼 뿐 여인의 손조차 잡아주지 못해요 광야를 펄펄 달리던 말이 허리를 잃고 쓰러졌어요 커다란 대포알이 뚫었나 봐요 검붉은 불길은 점점 세어지는데 꿈쩍도 하지 못하는 말과 그 밑에 깔린 장교와 넋을 잃은 소녀와 아내와 남편과 아버지와 아들과 딸과 그리고 어머니

　게르니카가 불타오르고 있어요 부서지고 있어요 사그러들고 있어요 그런데,

　게르니카는 죽을 줄을 모르네요 베트남에서 이라크에서 우크라이나에서 다시 살아났어요 아니 어쩌면 죽은 적이 없었는지 몰라요

　지금, 온 세상은 게르니카예요 우주선이 컴퓨터가 핸드폰이 살려내고 있어요 와이파이에 묶인 이들이 황소 발 밑으로 기어들어 가네요 아편쟁이들처럼 낄낄대며 들어가요 어느 날 배 고프면 휘두를 쇠말굽에 무참히 깔릴지도 모르는데 황홀경에 빠진 표정들을 보아요

　램프를 든 여인이 창문을 하염없이 바라보고 있어요 램프는 우리를 창문 너머 어둠 너머 초원으로 데려다 줄까요 해와 달이 원래 대로 낮과 밤에 빛나고 뿔이 없는 소가 원래 대로 풀을 뜯고 몸이 온전한 말은 원래 대로 강에서 물을 마

시고 군대를 모르는 남자와 아이를 품은 여자가 맨몸으로
풀밭에서 뒹구는

　원래 그대로 말이에요

* 피카소의 그림, 1937년, 349.3 × 776.6

폐가廢家

검버섯 피어나는 낮은 돌담 사이
거미줄 얽어 엮은 사립문 빗장을 열면
접붙인 감나무에 오동통 고염이 천연덕스럽다
마당에는 널브러진 잡살뱅이들
터진 옆구리에서 새어 나온 퀭한 한숨이
툭툭 정강이를 쳐대며 시비 거는데
개망초는 건들건들 군무를 추며 딴청이다
토방엔 무료한 노래기 한 마리
마루 밑 개미떼 행렬을 훔쳐보다 실족,
삽시간에 검은 무덤으로 보시를 하는데
명지바람* 발 빠르게 파발을 나르면
그 끝 우물가
푸서리 속 와자지껄 봇물터진 입방아에
뒷산에 걸터앉은 해가 혼이 빠져
해넘이를 잊었다

사람 없는 집에 살림이 넘쳐난다

* 보드랍고 화창한 바람

122

흔들림, 기다림, 말랑말랑함
― 백승자의 시 세계

권온 문학평론가

흔들림, 기다림, 말랑말랑함
— 백승자의 시 세계

권온 문학평론가

　백승자 시인의 첫 시집을 읽어 본다. 2016년에 등단한 이후 그녀가 언제나 시작詩作에 전념할 수 있었던 것은 아니다. 나날의 삶이 불러일으키는 다양한 인생의 소용돌이 속에서 때로는 좌절하고 때로는 슬픔을 참으며 인고의 세월을 견뎌왔을 테다. 그러나 시인은 마침내 뜻을 세우고 시집을 발간하기로 결심하였다. 이 시집에 수록된 시들은 단순한 언어의 흔적이 아니다. 이번 시집은 백승자의 거의 모든 것이다. 독자들로서는 시집 안의 시들을 읽으며 시인에게 내재된 독특한 사유와 철학, 삶을 향한 열망과 사랑을 뜨겁게 만나게 될 테다. 또한 그녀는 고흐나 피카소 등 예술가의 삶을 시 속에 담아내려는 노력을 아끼지 않는 다재다능하고도 예술적인 감성이 충만한 시인이다. 시집에서 엄선한 9편의 시들을 중심으로 백승자 시인의 시 세계를 점검해 보기로 한다.

매일 부화하는 나는 늘 내 알레고리를 넘고 만다

낯선 나를 감당하는 법은 머리끝까지 감금하는 일

그들이 찾을 수 없는 성城에 갇히는 일

갇힌다는 건 달콤한 비밀을 풀어놓을 수 있다는 것

내 추락한 유희를 들키지 않아도 된다는 것

밤낮없이 써 내린 유서 같은 낙서들

지친 혼잣말이 사방 벽을 때리다 시들어도

꺾이지 않고 스스로 침몰할 때를 얻는다는 것

어쩌다 멋모르는 망치질이 마음에 숭숭 구멍을 내더라도

빨간 장미 그려진 가면 하나 쓰고 나면 그뿐

빼곡한 가면들에 얼굴을 잃어버린다 해도

버텨내기 위해 쓰는 내 가면의 시간은

시시한 변명보다 향기로와라
―「가면의 변辯」 전문

이 시는 이번 시집의 들머리를 장식하는 작품으로서, 언어를 다루는 백승자의 솜씨가 청산유수靑山流水와 같음을 보여준다. 다소 거창한 감이 있는 시의 제목이 구체성을 확보한 본문에 의해 나름의 적절성을 확보한다. 특히 시를 읽는 맛이 대단하다. 독자들로서는 음악성 또는 리듬감이 충만한 귀한 현대시를 마주할 수 있다. 그러니까 이 작품은 그녀가 한국 시단詩壇에 던지는 출사표이다! 시인의 시는 "알레고리"이자 "달콤한 비밀"이며 "추락한 유희"이다. 또한 그것은 "유서 같은 낙서들"이자 "지친 혼잣말"이며 "멋모르는 망치질"이다. 무엇보다도 그녀의 언어는 "가면의 시간"을 담는다. 우리는 이제부터 "시시한 변명"을 치우고 "향기로"운 "가면의 변辯"을 내세우게 될 테다.

그물에 걸리지 않는 바람으로 살고 싶은 꿈
그물이 묶어버린 줄 알았다

진흙에 더럽혀지지 않는 연꽃으로 살고 싶은 꿈
진흙이 묻어버린 줄 알았다

그물도 진흙도
세상에 물 같은 것
세상에 공기 같은 것

외려 바람 제 가벼움이 서러워
그물을 물고 흔든다는 걸
외려 연꽃 제 연약함이 두려워

진흙의 피를 빨고 있다는 걸

탱탱한 몸에서 물기 빠져나가는 시절이 되고서야 알았다

뼈에 구멍이 숭숭 뚫리고서야
　　　　　　　　　　　　　　　 ―「뼈에 구멍이 나고서야」 전문

　백승자가 구사하는 언어에는 여전히 음악성이 가득하고, 리듬감이 충만하다. 독자들로서는 이 시에서 시행詩行의 마무리에 주목할 일이다. 1연 1행과 2연 1행에서의 "～꿈", 1연 2행과 2연 2행과 5연에서의 "～알았다", 3연 2행과 3행에서의 "～것" 등에서 시인은 유려한 반복의 기법을 구사함으로써 이 시를 감칠맛 나는 노래로 드높인다. 누구나 그러하듯이 그녀에게도 '꿈'이 있었다. 그 꿈은 '자유'로서의 "바람"과 '순수'로서의 "연꽃"을 지향하였다. 한때 시인은 '바람'을 가로막는 것이 "그물"인 줄 알았다. 그녀는 '연꽃'을 가로막는 것이 "진흙"인 줄 알았다. 하지만 이제 깨닫는다. '그물'이나 '진흙'은 "세상에 물 같은 것/ 세상에 공기 같은 것"이었음을. 오히려 그물과 진흙은 바람의 "가벼움"과 진흙의 "연약함"을 보완하는 역할을 담당하고 있었음을. 백승자는 "탱탱한 몸에서 물기 빠져나가는 시절이 되고서야", "뼈에 구멍이 숭숭 뚫리고서야" 비로소 "알았다" 시인은 인간의 삶에서 그물이나 진흙이 물이나 공기와 같은 매우 자연스러운 요소임을 깨닫는다. 그녀는 우리에게 그물이나 진흙이 없는 사람이 있을 수 없음을 보여준다. 인간과 사회와 역사는 언제나 이렇게 뒤늦게 깨닫고 조금씩 전진한다.

뿌리가 없어 나는
이름이 없네

여기저기 기웃거리며
열심히 나를 낳았으나
개살구였네
개똥참외였네
아무 음식에나 내갈기는
쉬파리 똥이었네

한 번도 물속에 산 적 없으면서
물이라 말하는 이유는 고작
물가를 서성이다 젖은 발끝 때문

날아갈까 지워질까 이내
명함에 물색을 칠했으나
지문 한 줄 새기지 못하고 말았으니

이제는 돌아볼 시간
내 텅 빈 이름에 깊은 색깔을 입힐 시간
비에 젖으면 더욱 도드라질 뿌리 색을 물들여야 할 시간
　　―「거울을 보다가」 전문

시인은 이번 시에서 어떤 "시간"을 내세운다. 그녀는 시

적 화자 '나'와 겹쳐지면서 어떤 '시간'에 주목한다. 그 시간은 "돌아볼 시간"이자 "깊은 색깔을 입힐 시간"이며 "뿌리색을 물들여야 할 시간"이다. 필자는 백승자의 시를 철학적인 시 또는 사색적인 시로서 규정할 수 있다고 생각한다. 이 시에서 '나'는 이중의 부재不在에 시달린다. '나'에게는 "뿌리가 없"고 "이름이 없"다. '뿌리'가 '나'의 근원이라면, '이름'은 '나'의 현황이다. '나'는 스스로를 "개살구", "개똥참외", "쉬파리 똥" 등으로 규정한다. '나'는 자신에게 "개"와 "똥"을 사용함으로써 과거와 현재를 향한 불만을 토로한다. "여기저기 기웃거리며/ 열심히" 살았으나 '나'의 인생을 "물이라 말하"기에는 부족함이 있다. '나'는 "물가를 서성이다", "발끝"을 적셨을 뿐이다. '나'는 "명함에 물색을 칠했으나/ 지문 한 줄 새기지 못하고 말았"던 것이다. 요컨대 '나'의 이름은 현재 "텅 빈" 상태에 있다. "이제는", 지금까지의 삶을 돌아보아야 한다. 새로운 색깔을 칠해서 '이름'의 가치와 '뿌리'의 깊이를 확보해야 하는 것이다. 아마도 시인이 "거울을 보다가" 이와 같은 일련의 반성적 인식에 도달하였을 테다. 독자들 역시 나날의 일상에서 거울을 보면서 스스로를 되돌아보아야겠다.

투두둑,
얽혀 있던 실타래 끊어진다
꼿꼿하던 분노가 휘청거린다
까짓 거
하수상한 시절이면
예수도 석가도

주워 담을 말 투성이라는데

절대라고 말할 그 무엇이 있어

어금니 꽉 깨물까

억울한 못질 되돌려주겠다

온 밤을 하얗게 벼를까

다름이 미학美學임을 아는 나이

참이슬 맑디맑은 입술로

면벽面壁하던 영혼 구석구석 탐하다 보면

나는 금세 말랑말랑한

사람으로 되살아나는 것을

　　　　　　─「소주 석 잔에」전문

　인간은 삶을 영위하면서 수많은 이야기에 참여한다. 그가 또는 그녀가 경험하는 이야기가 항상 밝고 긍정적인 색채를 띠는 것은 아닐 테다. 사람들에게는 대개 얽힌 "실타래"가 있다. 누군가에게는 "억울한 못질"이나 "꼿꼿하던 분노"가 쉬이 사라지지 않기도 한다. 이와 같은 억울함이나 분노 같은 감정은 때로는 외부로 나아가고 때로는 스스로에게로 돌아온다. 이 시에서 시적 화자 '나'는 "절대라고 말할 그 무엇"과 "주워 담을 말 투성이" 사이에서 "어금니 꽉 깨물"며 방황한다. 후회와 반성 사이에서 방황하는 '나'는 너무 딱딱한 사람일지도 모른다. 백승자는 독자들에게 긴장한 '나'를 이완시킬 수 있는 특별한 비밀을 공개한다. 그것은 바로 "소주 석 잔"이다. 우리는 '나'를 본받아서 막히고 닫힌 구석이 너무 많은 딱딱한 사람이 아니라 "말랑말랑한/ 사람으로 되살아나"야겠다. 물론 반드시 '소주 석 잔'

일 필요는 없을 테다. '맥주 한 캔'이나 '와인 한 잔'도 가능
할 일이다.

아직은
아득한 나라 유목민의 피가 꿈틀거리는데
어디든 떠나는 게 천성이라는데
눈요기로 묶여 있는 몸

흔들리는 게 일이다

바람이 입김만 불어도 길을 잃어버리고
마음은 먼지보다 가벼워
비어 있는 하늘 언저리만 서성서성

흔들리는 게 일이다

내 머물 곳은 땅도 하늘도 아니라는데
땅에만 눕고 싶어
하늘에만 안기고 싶어

흔들리는 게 일이다

어차피 흔들리는 목숨이라면
제대로 흔들려 볼까나
바람이 어떤 얼굴로 오든
파도 타듯

끊어지지 않는 유목민으로

—「애드벌룬」 전문

우리는 앞에서 살핀 「가면의 변雙」이나 「뼈에 구멍이 나고서야」 등의 시편에서 백승자 시의 음악성을 확인한 바 있다. 이번 시에도 비슷한 이야기를 적용할 수 있겠다. 7개의 연으로 구성된 이 작품의 2연, 4연, 6연은 모두 "흔들리는 게 일이다"라는 동일한 진술이다. 또한 1연 2행의 "꿈틀거리는데"와 1연 3행의 "천성이라는데" 그리고 5연 1행의 "아니라는데" 등을 비교하면 "~는데"라는 공통점을 찾을 수 있다. 이 시에서 시적 화자 '나'는 "아득한 나라"에 거주하는 "유목민" 또는 "애드벌룬"이다. '나'는 "어디든 떠나는 게 천성"이고, '나'의 "마음은 먼지보다 가벼워"서 흔들린다. 시인이라는 존재 역시 '나'와 닮았다. 시인은 언제나 낯설고 신선한 언어를 구사하여 새로운 땅을 개척하는 사람이기 때문이다. 독자들로서는 7연 1행과 2행의 진술에 주목해 볼 일이다. "어차피 흔들리는 목숨이라면/ 제대로 흔들려 볼까나"에 담긴 옵티미즘optimism의 찬란함이여!

또 흔들리나 보다
바위의 침묵을 배우지나 말 걸
나무의 시간에 기대지나 말 걸

소나기를 놓치고 갈라터지는 핏줄들
비탈에 뾰족하게 서고서야
텅 빈 대궁을 보았다

옆구리를 습격하는 바람들이 함부로 번역할 때마다
갈피갈피 죽어가는 DNA
그때마다
구석으로 비켜나 촛불처럼 누웠다

비탈에 몰리는 건
낮과 밤이 오는 것만큼 쉬웠는데
고작
흔들리는 게 전부인 저항

꺾이는 것보다 흔들리는 게 나은 건지
참는 건 비겁의 또 다른 이름인지
대답 없는 바람에 묻고 또 물으며
누워서도 봄을 울어대던 아이의 체온에 기대
촛농을 다 내어주고서라도 지켜내고 싶었던 불씨

바람이 분다
나는 또 흔들리고
그 아이도 여전히 울고 있다
　―「갈대」 전문

　백승자의 시를 읽는다는 것은 자신의 깊은 내면과 마주하는 일이다. 그녀의 시는 사색적이고 철학적인 면모를 뚜렷하게 보여주는 때가 적지 않다. 이번 시 역시 그러하다. 시인이 주목하는 대상으로서의 "갈대"는 사물인 동시에 인간이다. 그녀는 갈대를 관찰하면서 스스로 갈대가 되어간다. 갈대의 본질을 보여주는 자세는 '흔들림'과 연결된다. 1연 1행의 "또 흔들리나 보다", 4연 4행의 "흔들리는 게 전부인 저항", 5연 1행의 "꺾이는 것보다 흔들리는 게 나은 건지", 그리고 6연 2행의 "나는 또 흔들리고" 등의 시행들은 이 시가 '흔들림의 시학'을 형상화하고 있음을 입증한다. 백승자는 앞에서 살핀 시 「애드벌룬」에서 "흔들리는 게 일이다"라는 시행을 3회 반복함으로써 시의 리듬감을 고양한 바 있다. 그녀는 두 편의 시에서 '흔들림'을 지속적으로 탐구함으로써 자신만의 개성적인 시 세계를 확장하고 심화한다. 우리는 이 시에 등장하는 '갈대'와 '바람'에게서 파스칼Blaise Pascal이나 발레리Paul Valery를 소환할 수도 있다. 독자들의 내면 깊숙이 자리한 "여전히 울고 있"는 "그 아이"의 안녕을 기원한다.

지붕 없는 집에
새들이 산다
바람도 공기도 새어들지 못하는
지붕이 너무 두터워 뚫어진 집에
죽어도 날아야만 하는
어린 새들이 산다
성골로 태어나 날개가 열둘인 텃새도
개천의 용이 되어야만 하는 날개 둘뿐인 철새도
날기 위해 날개를 접고
어미 새가 물어다주는 색깔대로 물들기 위해
독하게 버티고 있다

지붕 없는 집의 하늘은

끝을 알 수 없는 허공

그 허공에 매달려 바라본 세상은 거꾸로여서

하늘을 땅처럼 움켜잡는다

통증이 도사리고 있는

어긋난 수레바퀴 위에 서서

해맑은 꿈을 꾸는 어린 새들

비릿한 세상에 맞추어진 날갯짓을

뼛속까지 새기고 있다

그들만의 세상에서

둥둥 떠 있기 위한 날갯짓을

　　　　　—「대치동에는」 전문

　시인은 하나의 대상에 둘 이상의 의미를 담기도 한다. 백
승자가 이 시에서 다루는 대상은 '새(들)'이다. 그녀가 소환
하는 '새'는 단순한 새가 아니다. 여기에서의 새들은 "대치
동"에서 살아가고 있기 때문이다. 새들이 거주하는 '대치
동'의 "집"은 무언가 이상하다. 그곳은 "바람도 공기도 새어
들지 못하는", "지붕 없는 집"이기 때문이다. 단절과 폐쇄
를 속성으로 하는 대치동의 집에는 "어미 새"와 "어린 새들
이 산다" '어미 새'는 '어린 새들'에게 먹이를 "물어다주"고,
어린 새들은 먹이를 열심히 받아먹는다. 어린 새들은 대치
동의 집에서 "죽어도 날아야만 하는" 긴박한 상황을 감당
한다. 이곳의 집은 지붕이 없고, 이곳의 하늘은 "끝을 알 수
없는 허공"이다. 대치동의 "세상은 거꾸로"된 세상이다. 대

치동에서 원래 살던 "텃새"에게도, 새롭게 대치동으로 이사 온 "철새"에게도, "어긋난 수레바퀴"이자 "비릿한 세상"으로서의 대치동은 "통증이 도사리고 있는" 만만찮은 동네이다. 대한민국 사교육을 대표하는 대치동에서 살아남기 위해서 어린 새들은, 어린 학생들은 "독하게 버티고 있"다. "그들만의 세상에서" 낙오하지 않으려는, 대치동의 하늘에서 "둥둥 떠 있기 위한 날갯짓"은 오늘도 계속될 것이다. 대한민국의 현실을 날카롭게 꼬집는 사회 풍자로서의 현대시가 이렇게 탄생한다.

그때 그 자리에 있겠다는 것

그대가 기억하는 모습으로
늘 사랑할 준비를 한다는 것

달아오르던 열망을 삭여
아프지 않고 때로는 무덤덤하게
그대를 안아낼 수 있다는 것

그대가 나를 잊은 의자에 앉더라도
해 드는 창가를 내어주며
부르면 들릴 만한 거리에 서 있겠다는 것

그대는 매일 나를 비킨 곳만 바라보네

마음이 무너진 날에도

또 그 다음 날에도
진실로 기다린다는 것은
11월 감처럼 말갛게 익어
12월의 그대를 파랗게 품어내는 것
— 「기다린다는 것은」 전문

　백승자는 단순한 시인이 아니다. 그녀는 가수歌手에 가까운 시인이다. 백승자의 시는 때때로 노래가 되고 음악이 된다. 이번 시집에 수록된 다른 많은 시들이 그러하듯이, 이 시가 보여주는 음악성은 대단하다. 시인은 작품의 제목인 "기다린다는 것은"을 비롯하여 1연, 2연 2행, 3연 3행, 4연 3행, 6연 3행, 6연 5행 등에서 공통적으로 '~것'을 활용한다. '~것'을 7회 반복함으로써, 이 시는 시적 화자 '나'의 "그대"를 향한 '기다림'을 극대화한다. '그대'를 향한 '나'의 감정은 한때의 "달아오르던 열망"을 넘어선다. '그대'가 '나'를 외면하거나 잊는다고 해도, '그대'를 향한 '나'의 마음은 "무덤덤하게", "부르면 들릴 만한 거리에 서 있"을 것이기 때문이다. "말갛게 익"은 "11월 감"을 닮은 '나'의 마음은 "사랑"으로서 충만하다. 백승자의 제안처럼 "기다린다는 것"은 "늘 사랑할 준비를 한다는 것"이다. '기다림'은 곧 '사랑'이다.

천만 다행히도
서라벌에 네로의 콜로세움은 없었네

올무에 사람 옭아 놓고

핏덩어리 물고 춤추는 사자들을 향해
축배 들고 환호성 지르는 열병 앓는 말벌들은 없어서
안압지 야경에 몰려드는 불나방 무리에는
기꺼이 끼어도 좋겠네

그 정도쯤이야
애교어린 이화원 한 귀퉁이
포석정 보름달 끌어안고
빙빙 술 흐른다 시 지어라
어무산신무御舞山神舞 어무산신무御舞山神舞 위아래 없이 엉
겼다 해도
는실난실 흥청거린 폼페이우스에 비하면

진실로 그쯤이야
벼 한 모숨 심을 땅대기에 기대어
사철을 견디는 목숨들 옥토 위
턱 하니 드러누운 대릉의 주인들에게
엎드려 입 맞추는 것쯤은 무방하겠네

서라벌에
콜로세움이 없었다는 이유만으로도
폼페이우스가 없었다는 이유만으로도
— 「턱 하니 드러누운 대릉大陵의 주인들에게」 전문

독자들은 아마도 '구체적具體的' 또는 '구체성具體性'이라는
어휘를 접한 적이 있을 테다. 어떤 사물이나 대상이 일정

138

한 형태와 성질을 갖춤으로써 주체가 경험하거나 지각할 수 있도록 한다면, 그 사물이나 대상은 구체성을 확보하고 있다고 판단할 수 있다. 백승자의 이 작품은 대단히 구체적인 시이다. "대릉大陵", "서라벌", "네로", "콜로세움", "안압지", "이화원", "폼페이우스" 등의 어휘를 보면 그녀가 추구하는 스케일의 넓이와 깊이를 짐작할 수 있다. 동서고금東西古今의 빛나는 장소와 유명한 인물을 넘나들면서 시인이 최종적으로 주목하는 장소와 인물은 '서라벌'이고 '대릉'이며 "턱 하니 드러누운 대릉大陵의 주인들"이다. 백승자가 여기에서 제공하는 문기文氣는 활달하고 호방하다. 2연 5행의 "기꺼이 끼어도 좋겠네"와 4연 5행의 "엎드려 입 맞추는 것쯤은 무방하겠네" 그리고 5연의 "서라벌에/ 콜로세움이 없었다는 이유만으로도/ 폼페이우스가 없었다는 이유만으로도" 등의 진술은 이를 입증하는 사례들이다. 이제 한국 시단도 작품의 제목에 "턱 하니 드러누운"과 같은 감각적인 표현을 자연스럽게 배치하는 개성적인 시인을 얻게 되었다.

백승자의 첫 시집을 점검하였다. 그녀는 말을 능수능란하게 잘 다룬다. 시인은 말과의 놀이를 기꺼이 즐긴다. 언어유희로서의 시는 노래를 닮았다. 동일한 표현을 적당한 위치에 배치함으로써 백승자는 자신의 시를 음악의 상태로 고양한다. 그녀는 「애드벌룬」과 「갈대」 등의 시편에서 흔들리는 존재로서의 인간을 오롯이 형상화하면서 사색적이고 철학적인 시 세계를 전개한다.

시인은 또한 시 「기다린다는 것은」에서 기다림을 노래한 바 있다. 파울로 코엘료Paulo Coelho에 의하면 "인생은 언제나 행동할 수 있는 적절한 순간을 기다리는 문제였다.(Life was always a matter of waiting for the right moment to act.)" 인간의 삶은 늘 기다림의 연속이다. 우리는 적절한 때를 기다리다가 과감하게 행동해야 한다. 사람들이 생각하는 기다림의 대상은 각각 다를 테지만, 우리에게는 자신에게 주어진 "흔들리는 목숨"을 받아들이는 자세가 필요하다. 그리하여 백승자의 제안을 존중하는 독자들은 유연한 사고와 상상력으로 "끊어지지 않는 유목민"이 되고 "말랑말랑한/사람으로 되살아나"야 한다. 유목민 또는 말랑말랑한 사람이 되어서 새롭게 걸어갈 때, 비로소 진정한 인간의 길이 시작될 것이기 때문이다.

백 승 자

백승자 시인은 충남 논산에서 출생했고, 2016년 『애지』로 등단했으며, 서산 여성문학 회원, 충남시인협회 회원으로 활동하고 있다.

백승자는 단순한 시인이 아니다. 그녀는 가수歌手에 가까운 시인이다. 백승자의 시는 때때로 노래가 되고 음악이 된다. 백승자의 첫 번째 시집 『그와 나의 아포리즘』에 수록된 다른 많은 시들이 그러하듯이, 이 시가 보여주는 음악성은 대단하다. 그녀는 말을 능수능란하게 잘 다룬다. 시인은 말과의 놀이를 기꺼이 즐긴다. 언어유희로서의 시는 노래를 닮았다. 동일한 표현을 적당한 위치에 배치함으로써 백승자는 자신의 시를 음악의 상태로 고양한다.

이메일 bsj-1963@hanmail.net

백승자 시집

그와 나의 아포리즘

발　　행　2023년 7월 20일
지 은 이　　백승자
펴 낸 이　　반송림
편집디자인　반송림
펴 낸 곳　　도서출판 지혜, 계간시전문지 애지
기획위원　　반경환 이형권
주　　소　　34624 대전광역시 동구 태전로 57, 2층 도서출판 지혜
전　　화　　042-625-1140
팩　　스　　042-627-1140
전자우편　　eji@ji-hye.com
　　　　　　ejisarang@hanmail.net
애지카페　　cafe.daum.net/ejiliterature

ISBN　　979-11-5728-510-5 03810
값　　　　10,000원